KB261386

봄꿈을 꾸며

봄꿈을 꾸며

김종해 시집

문학세계사

□ 시집 머리에

길 위에서 이름을 부르며

친구여, 길 위에서 나는 친구들의 이름을 하나하나 호명
한다
친구여, 봄날 꿈속에서 그들은 하나하나 모습을 보인다
김광협, 이문구, 조태일, 임영조, 손춘익, 박정만,
오규원, 김영태, 마종하, 신현정, 최하림……
살아 있는 자의 꿈,
한평생 살아온 길 위에서 뒤돌아보면
거기 보이는 모든 삶이 봄꿈이다
외롭고 슬프고 어두운 날의 기도마저도
더 오래 내 것이 된 길 위에서
살아 있는 자에게 오늘만이 봄날이라면
사람 살아가는 한평생이 봄날이다
친구여, 헛된 봄꿈을 꾸는 나는
삶이 우리에게 한번쯤 허락하는 봄날을 믿는다
친구여, 길 위에서 나는

지봉池峯 김 종 해

1

길 위에서 문상

옷에 대하여

— 자화상을 보며

아침에 어머니가 지어주신 옷
해 지기 전까지
입고 있었는데
으스름 저녁에 돌아와
일생의 옷을 벗으매,
내 안에 마지막 남은 것이
비로소 보인다
구름 한 벌, 바람 한 벌,
하느님 말씀 한 벌!

동안거 冬安居

한겨울의 석 달 동안은
세상의 허기를 채우기 위해
요리를 한다
눈을 감으면, 눈 밑에 잠든 숲과 평원,
채찍을 든 매운 바람 속을 지나
눈덩이 속 이글루 안에 나 어느덧 혼자 있다
모자를 벗고 언 손을 녹인 뒤
얼음 도마 위에서 칼질하는 요리사
어젯밤 눈 속에 파묻어 둔
상형문자가 된 짐승의 내장
한 획, 한 줄의 온기를 적출하라
그러나 나는 먹지도 못하는 시를 쓰는구나
눈 덮인 한 장의 평원 위에
누구의 한 끼 보시도 못할 붓질을 하는구나

눈 감으면 하늘 위에 얼어붙은 야밤의 오로라
눈을 가리지 않았음에도
한겨울의 극지極地는 어둡고
허기진 깨달음은 언제나 외롭고 목이 마르다

흰 국화꽃 한 송이

이승의 경계에는 구름이 있다
만 미터 고도에서
하늘을 날아본 사람은 안다
발밑에 깔린 눈부신 목화밭
바람에 떠밀리는 대평원의 솜
재수 좋은 날은
신의 여인들이 와서 널어놓은
빨래도 볼 수 있다
눈부신 만년설을 산의 이마에다
얹어놓은 것도 볼 수 있지만
나는 지금 그것에 관심이 없다
이승의 경계를 가로질러
1억 광년 바깥으로 떠난 사람들
만 미터 고도에 올라와서

그 사람의 이름으로
흰 국화꽃 한 송이를 창 밖으로 던진다

길 위에서 문상

　나는 지금 한강의 흐름보다 더 느리게 강변북로를 주행 중이다. 한강은 제몸을 풀어 유유자적 바다로 가지만, 길 속에 갇힌 나는 그러지 못한다. 좁혀진 차간 거리에서 붉은 제동등이 수시로 켜지는 서강대교에서 한남대교까지 흘러가며 나를 떠메고 가는 한강을 생각한다. 그 짧은 순간, 이상하다 정말 이상하다 차창 밖에서 멈춰 있던 한강이 처음으로 물소리를 내고 한강 철교 위로 수증기를 뿜는 기차가 낭만적인 기적소릴 울린다. 그보다 옆차선에선 물처럼 흐르던 검정 리무진이 어깨를 맞춘다. 리무진 꽁무니에 조그맣게 걸린 근조謹弔 화환. 평생에 한 번 타 볼까 말까 한 저 근사한 리무진 안에 호사스럽게 누워 있는 이는 누구일까. 사실 나는 이 정체구간에서 저 리무진을 본 순간, 세상의 시간을 놓아버렸다. 저

리무진 안에서 잠자듯 누워 있는 사람이 지금 가고 있는 곳, 한강을 거슬러 구리를 지나고 양평을 지나고 그리고 시간의 끝, 세상의 끝에 그 사람의 북망산이 있으리라. 가진 것 다 버리고, 북망산으로 가고 있는 저분의 영원한 시간. 나는 차창을 열고 심호흡을 해보았다. 갈기를 여민 나의 애마愛馬 오피러스도 내 마음을 아는 듯 길 위에서 문상問喪한다.

봄꿈을 꾸며

만약에 말이지요, 저의 임종 때,
사람 살아가는 세상의 열두 달 가운데
어느 달이 가장 마음에 들더냐
하느님께서 하문하신다면요,
저는 이월이요,
라고 서슴지 않고 말씀드릴 수 있습니다.
눈바람이 매운 이월이 끝나면,
바로 언덕 너머 꽃 피는 봄이 거기 있기 때문이지요.
네, 이월이요. 한 밤 두 밤 손꼽아 기다리던
꽃 피는 봄이 코앞에 와 있기 때문이지요.
살구꽃, 산수유, 복사꽃잎 눈부시게
눈처럼 바람에 날리는 봄날이
언덕 너머 있기 때문이지요.
한평생 살아온 세상의 봄꿈이 언덕 너머 있어

기다리는 동안
세상은 행복했었노라고요.

하늘을 날다

내가 가끔 기체를 끌어내어
하늘에 오르는 것은
내 사는 곳의 활주로를
벗어나고 싶기 때문이다
하늘을 비행하면서
조종석 창 밖으로 스쳐 지나는
낯익은 구름
이미 지상을 스쳐 지났던 그 뜬구름을
또 보고 싶기 때문이다
내 사는 곳에 떨어져 내린 별들보다
더 아름다운 인간의 등불을
이 밤에 황홀하게 내려다보고
또 내려다보고 싶기 때문이다

촛불을 켜신 어머니

새벽의 적막을 어머니는 두 손으로 감싼다
가족의 새벽잠을 지키기 위해 어머니는 지혜롭다
어머니의 손 안에는 소리를 죽이는 스폰지가 있다
부뚜막에서 사기그릇 부딪는 소리를 어머니는 잘도
죽인다
달그락거리는 소리가 아주 작게 들리는 것은
어머니 두 손 안에 스폰지가 있기 때문이다
새벽에 부뚜막에서 그릇 부딪는 소리를 죽이기 위해
어머니는 손끝에 닿는 그릇들에게마저
몸을 낮춘 시종이 된다
어머니가 부뚜막에서 자주 찾는 제왕님,
정안수 한 그릇과
새벽에 촛불을 켠 어머니의 모습을
나는 지금도 잊지 못한다

세면대 앞에서

비 내리는 이른 아침
칫솔질을 하다 힐끗 벽면 거울을 보니까
어머니가 양치질을 하고 있다
빗질하지 않은 꼬부랑 머리털
아, 어머니가 먼저 와 계시다
아직도 이승에서 사시는 우리 어머니
번쩍, 잠이 깨어 다시 보니까
내일 곧 고희古稀가 될 내 얼굴이
거울 속에서 양치질을 하고 있다

아직도 사람은 순수하다

죽을 때까지 사람은
땅을 제것인 것처럼 사고 팔지만
하늘을 사들이거나 팔려고 내놓지 않는다
하늘을 손대지 않는 사람들을 보면
사람들은 아직 순수하다
하늘에 깔려 있는 별들마저
사람들이 뒷거래하지 않는 걸 보면
이 세상 사람들은
아직도 순수하다

바늘귀

튿어진 단추를 달기 위해
고희를 넘긴 아내가
바늘귀에 실을 꿰어 달라고 한다
예닐곱 살 때 어머니의 바늘귀에
직방으로 꿰었던 그 실이
오늘 내 손끝을 달군다
어머니의 푸른 하늘을 꿰차며 날던
그 방패연과 실꾸리
아내가 내민 바늘귀에 실을 꿴다
돋보기를 쓰고도 바늘 구멍을 찾지 못해
나는 허둥댄다
갈 길을 찾지 못해
바늘귀 바깥에서 헛짚는 시간
바늘귀 하나 꿰지 못하는 나는

무엇을 잃고 여기까지 온 것일까
바늘귀가 내 앞에 절벽처럼 서 있다

보름밤, 얼굴이 달아오른다

하늘에 숨어서
젖어 있는 강화도 갯벌을 보면
나는 얼굴이 달아오른다
특히 달 밝은 날 밤에
하늘에서 숨어서 보면
황홀한 부위,
물이 들어오고 물이 나가는 자궁 속으로
생명을 몸 속에 놓아 기르는 여자,
밤꽃 향기 하얗게 귀두에 얹고
하루에 두 번씩 완만하게 들락거리는 간만干滿의
그 수컷 역할의 징후를
하늘에서 보면
보름밤, 나는 부러워 죽겠다.

술 한 잔 마시면

술 한 잔 마시면
안 보이던 산山마저 융기해 보인다
술 한 잔 마시면
안 보이던 수평선마저
면도날처럼 날이 서 보인다
술 한 잔 마시면
몰래 감춰둔 사랑의 돌기突起
바위에 암각된
상형문자마저 도드라져 보인다
오늘 밤 술잔 속엔
지난 겨울에 떠난 친구의 발자국이 찍혀 있다

고래들은 바다를 버렸다

지평선 위로 산이 꾸물거린다
비는 내려서 산을 적신다
검은 산은 비를 마시고
지평선 위로 비를 뿜어올린다

오늘 저녁
비 오는 지평선을 바라보며
나는 한 잔 술에 취한다
선창에 기댄 채
나는 비를 맞고 있다

사람마저 항해하기 힘든 도시
나는 비를 맞고 있다
고래는 왜 내가 살고 있는

지평선으로 헤엄쳐 왔는가

내 젊은 날의 바다,
내가 뿜어올렸던 바다,
고래들은 모두 수평선을 버렸다

2

가을꽃 피다

인왕산 밑으로 이사 오다

인왕산 발치 폐궁궐廢宮闕이 보이는 내수동으로 이사 왔다 이사 온 다음날 아침 일찍 인왕산은 우리집 현관까지 걸어내려와 육친의 기침을 했다 북악산도 고개를 빼들고 창문 안의 풀지 않은 이삿짐까지 뒤적이고 있었다 청와대를 업고 있는 북악산 얼굴은 부드럽지 않다

인왕산이 처음 내려온 날 아침, 내수동 둑 너머 맑은 시냇물 소리 들렸다 저 물은 흘러 흘러서 청계천으로 간다 물소리를 듣는 이 마을 사람들이 조선시대 폐궁궐 주인이 간 곳을 묻지 않듯, 청와대에 살고 있는 사람마저 알려 하지 않는다 나 또한 그렇게 살아갈 것이다 다만 인왕산 하나 변함없이 마을 사람 집집마다 들어와 산山 노릇을 톡톡히 하고 있는 것이 보였다 이사 오기를 잘했다

북악산을 보며

인왕산 아래 이사 와서 살다 보니까
비로소 사람이 보인다
경희궁이나 경복궁 옛궁궐터에서
북악산 밑의 푸른 와가瓦家에 이르기까지
들고나는 사람들도 비로소 보인다
밤마다 촛불을 들고 북악산을 움직였던
사람들의 행보도 보인다
우리 나라 시간은
우리 나라 안에서만 가는 것은 아니다
북악산 아래
이삿짐을 싸들고 들어올 때보다
이삿짐을 싸들고 성城 밖으로 떠나는 사람의 등 뒤
그 위에 뜬구름도 떠가는 것이 보인다
이승을 떠난 사람들과

이승을 떠나려 하는 사람들이 함께 사는 곳
광화문은 언제나 문을 열어놓고 있다
인왕산 아래 이사 와서 살다 보니까
사람들은 저마다
광화문 하나쯤은 제집처럼
여닫고 있는 것이 보인다

대한민국이 유리창에 떠 있다

광화문 근처 아파트로 이사온 지 4년
삶의 가파른 벼랑을 날마다 오르느라
나는 대한민국의 안위安危를 돌아보지 못했다
그놈의 좌파와 우파, 온갖 노조와 이익집단이
광화문의 멱살을 잡고
대한민국의 숨통을 죄고 있을 때도
나는 귀를 막았다
아파트 창문을 닫아걸고 커튼을 내렸다
인왕산도 북악산도
아직 이삿짐을 풀지 않은 밤
한밤중 불면의 시간 속에
광화문이 조금씩 몸을 떨며 울고 있었다
나는 예리한 그 소리를 들었다
이사온 첫해부터 들었던 그 소리는

수십만의 매미가 일제히 몰려와 내는 함성이었다
저 미물들이 내는 경고음에 잠을 설치며
내일 대한민국이 날아오르는 박동을 생각했다
광화문 근처로 이사를 오고 난 다음부터
나는 대한민국을 생각한다
축구를 사랑하는 열혈 팬들이
문 밖에서 연호하는 대한민국
대한민국이 밤마다 유리창에 등불처럼 떠 있다
그런 날 밤에 나는 조용히 창문을 연다

가을꽃 피다

국상國喪이 있었던 한 주일 내내
나는 면도를 하지 않았다
텁수룩한 수염 속에 나는 말을 아꼈다
내가 살고 있는 광화문 근처
매미들은 나무 숲에 숨어서 떼를 지어 울었다
언젠가 한 번은 가야 할 그곳에
아직 가지 않은 사람들은 모여서
슬픈 얼굴을 하고 있었다
아직 이승의 문턱을 넘어서지 않은 곳
위안과 슬픔을 함께 하며 사는 곳
사는 동안 누구에게나 여름은 가고 있다
나는 한 주일 내내 수염을 기르고
좌파도 아닌 우파도 아닌
굳이 말하라면 중도 중파의

옥신각신 개인적인 문제로
거울을 바라보며 나 자신과 싸웠다
나도 모르는 사이, 나의 뒤편으로
하얀 가을꽃이 피어 있었다

새를 보며

고층 아파트 아래로 새가 날아간다
고층 아파트에서 내려다보이는 새는
발가락이 보이지 않는다
새의 정수리와 날개판만 보인다
날고 있는 새의 윗부분이 생소하다
밑에서 올려다보는 새와
고공高空에서 내려다보는 새
왜 사람들은 새보다 더 높은 곳에
집을 지으려 할까
내 몸이 낮게 지면地面에 있을 때
삶은 편안하다
날고 있는 새여
나는 낮은 곳이 좋다
새보다 아래 낮은 곳에서

나도 날고 싶다
날면서
나의 정수리를 네게 보이고 싶다

노을

내가 사는 곳은 인왕산 밑이다

맑은 날 저녁 자세히 보면

인왕산은 날마다 해 하나를 잡아먹는다

해 하나를 다 삼키고 나면

그 언저리는 피처럼 붉다

저녁이 오기 전에

인왕산은 제 누운 자리에다

재빨리 검은 천을 깐다

나는 아버지·어머니를 여읜 천애고아

해가 잡아먹힌 것을

누구에게 물어볼까

내일 해 하나 떠오르지 않으면

인왕산은 아마 나를 잡아먹으러 내려올 것이다

백두산과 선녀

백두밀영 아래 소나기가 내려서
잠시 비를 피해
숲속으로 들었는데
오오, 눈부신 아름다움,
나는 그곳에서 잠시 눈이 멀었다
빗방울 머금은 풀숲 속에는
노랑 꽃대를 밀어올린 곰취꽃이,
우정금 흰꽃이
선녀의 모습으로 옷을 벗고 있었다
나는 그 옷을 몰래 감췄다

나도 한 그루 이깔나무로 서서

삼지연에서 백두산 가는 길은
가도가도 황톳길
칠월의 뙤약볕 아래
말 한 마디 하지 않고 서서
바람이 불어도 미동조차 하지 않는
이깔나무숲 속에서
나도 한 그루 이깔나무로 서서
조선 인민들이 걸어온 황톳길을 역주행한다
서로가 서로를 가리기 때문에
이깔나무숲 속은 어둡다
어둠은 행복하다
보이지 마라, 네 참모습을
황토 흙먼지 뒤집어쓴 채
백두밀영으로 행군하는

이깔나무숲의 이깔나무들
조선 인민들이 모두 행복하다 말하는 까닭을
나는 안다
삶의 길은 단 하나
안위를 묻기 전에 먼저 경배하라
저 높은 곳의 정일봉*을 향해!

*정일봉 : 김일성의 항일유격지로 북측에서 선전하는 백
두밀영. 김정일이 이곳에서 태어났다고 홍보한다. 백두
밀영 뒷편 봉우리 거대한 암벽을 파고 '정일봉' 이라 새
겨놓았다.

북조선 주마간산

— 400만 화소 디지털 카메라

나는 디지털 카메라를 믿는다
살아생전 필생의 꿈
평양에 내리자마자 순안비행장을 찍었다
창광거리를 찍었고, 숙소 고려호텔도 찍었다
백두산 가는 길,
량강도의 삼지연읍,
이깔나무숲도 찍고, 베개봉,
비 오는 백두밀영, 정일봉도 찍었다
백두산의 장엄한 일출
세찬 바람도 찍고
떨고 있는 천지도 찍었다
피사체가 드러내지 않는 감정
나는 누르기만 했다
평안북도 안주, 녕변(약산의 진달래꽃)

묘향산 보현사에서 청천강 지나 평양으로 오면서
나는 왜 모국어를 절제하고 있는가
피사체 따라 드러내지 않는 감정
서울로 돌아온 두 달 뒤
실어증을 벗기고
비로소 카메라를 열었다
오오, 끔찍한 디지털 카메라!
그 속에는 어둠만 찍혀 있었다

평양 삽화

조선민주주의 인민공화국 첫 방문 길
평양에서 돈봉투를 잃어버렸다
USA달러 소액권으로 400달러
부주의한 것은 나 자신이었기 때문에
분실하지 않은 것으로 위장하였다
인천공항에서 평양으로 가는 항공길이었을까
평양공항에서 삼지연 가는 항공길이었을까
창광거리의 고려호텔 22층 숙소에서일까
가난한 어느 인민이 주워가길 나는 바란다
평양 도착 셋째날 아침
버스가 출발하기 직전
조선민주주의 인민공화국의 안내원 동무가
분실한 돈봉투의 주인을 찾고 있었다
처음에는 머리를 숙이고 조용

그 다음에 나는 손을 치켜들었다
이런 멍청이!
서울 근무지의 주소까지 인쇄된 겉봉에는
'13렬 A석' 고려항공 좌석이 적혀 있었다
조선민주주의 인민공화국 안에서는
돈봉투를 잃어버릴 자유마저도 없다
마치 그들의 정부, 그들의 조직을 건드려보기라도
한 듯
나의 부주의함을 자책하였다
이런 멍청이!

화주火酒를 마시며

중국에서 북조선으로 떠나는 국제열차는
압록강을 넘어간다
북조선 산하와 마주보는 압록강 가
중국 길림성 집안시에 있는
고구려의 황성 옛터에 와서
우리가 하는 일은
조선민족학교 교실 바닥에 앉아서
'황성 옛터에 밤이 깊어' 술 마시는 일뿐이었다
조선민족학교의 당서기는 여걸女傑이었고
글라스 가득 73°의 화주火酒를 원샷으로 마셨다
빼앗긴 고대古代, 잃어버린 영토를 잊기 위해서는
홧김에 마시는 한 잔 술이 약이 된다
그날 밤 고구려 환인산성 너머로
누군가 올린 횃불이 밤새 활활 타올랐다

그 밤에 당서기는
끝내 모습을 보이지 않았다

국내성國內城 일박

중국 심양 · 집안集安에서 보낸 나흘간의 가을
서울로 돌아온 그날 밤
내가 끌고 다니던 여행용 가방에선
밤새도록 압록강 물소리가 들렸다
압록강 물 건너
북조선의 안개도 불 꺼진 적막도
이 밤에 강을 건너와
나의 잠을 검색하였다
밤새도록 고구려의 바윗돌로 산성山城을 쌓고 있
었다
말갈기 휘날리며 시위를 당겨라
잃어버린 땅 고구려 대평원을,
압록강 상류를 밤새도록 달렸는데
아침에 눈을 뜨니

광개토대왕의 시녀들이 비슬나무로 서 있는
국내성 북장北墻 안이었다

3

목화꽃을 따다

목화꽃을 따다

눈 오는 날
바람은 목화꽃잎으로 옷을 갈아입는다
지워진 먼 길 위로 산이 떠오르고
허공에 떠오른 나무들이 희끗하다
저녁까지 날리는 눈은
목화꽃 송이를 더 벌게 하고
귀청까지 막아
물소리를 재우고 천지마저 재운다
이런 날, 허공에 떠 있는 목화꽃 송이마다
천사가 깔깔대고 있다는 것을
눈여겨본 사람은 다 알고 있다!

눈 오는 밤

밤 사이 나뭇잎이 떨어지고
떨어진 나뭇잎이 발목에 쌓여
따뜻한 양말이 될 때
나는 부러웠다
눈은 내리고
눈 내린 밤
겉옷을 모두 벗은 나무들이
하얀 잠옷으로 갈아입으면
나는 부러웠다
나무들이 껴신고 있는 양말이 부럽고
나무들이 걸치고 있는
하얀 잠옷이 너무 부러웠다
삐딱하게 쓰고 있는
저 흰 모자도

어깨 위에 두른 솜털목도리도
너무 부러워 꿈에 보였다

찔레꽃 열매는 눈 속에서 더 붉다

찔레꽃 열매는 눈 속에서 더 붉다
바람에 날려
흰 꽃잎 다 떨어지고
꽃잎 매달린 자리
오늘은 별들이 내려와 매달려 있다
한번 바람 부니까
지난 봄 간 곳 없고
사람이 살다 간 자리
아슬하게 벼랑만 남아 있다
붉은 열매 떨어진 자리
오늘은 눈이 흰 꽃잎 오려붙인다

가을 산새

새끼 네 마리 데리고
산에서 마을로 내려온 가을 산새
가을이 되니까
저녁 햇살이 밥으로 보이니까
우리집 찔레나무 덤불 속에서
뭐라고 소리치고 있다
서오릉 길 너머
봉산에서 내려온 가을 산새가
뭐라고 다급하게 소리치고 있다
어린날 귓속에 쟁쟁 울리는
엄마새 소리
종해야, 죽 먹고 자!
죽 먹고 자!
굶고 자는 아기새 위로
엄마새가 맨 앞에서 날아오르고 있었다

봄날 하루

3월 21일은 내가 깜짝 놀란 날이다
목을 파묻고 움츠리며 걷던 경희궁 뒷길
하루 아침에 복사꽃, 매화꽃이 우르르 달려나왔다
걔네들은 나뭇가지 위에 걸터앉아서
안녕, 안녕 하고 천사처럼 소리쳤다
얼떨결에 나도 안녕 하고 인사했는데
내 입 안에서도 복사꽃, 매화꽃 향기가 흩날렸다
내 살아가는 길은 날마다 살얼음판
하나 둘 동무들이 떠난 길 위로
오늘은 꿈길처럼 봄날이 와서
깜짝, 꽃이 피었다

안개 낀 금광호수

안성 장석주 시인 집에서 밤을 새우고 창문 바깥에서 밤새도록 밭은기침을 하고 있는 금광호수가 궁금해서 이른 새벽에 나가봤더니 호수는 흰 타월로 눈을 가리고 있었다. 볼일이 급해 큰길가 언덕 위 콩밭에 들어가 앉은 채로 걸음을 옮기며 굵은 똥을 누었는데, 억센 콩잎을 따다가 뒤를 닦았는데, 과연 금광호수가 흰 타월로 눈을 가리고 있는 이유를 알 만했다. 아마도 지난 밤엔 이 콩밭에 하느님이 볼일 보고 가셨나보다.

꽃은 언제 피는가

사랑하는 이의 무늬와 꿈이
물방울 속에 갇혀 있다가
이승의 유리문을 밀고 나오는,
그 천기의 순간,
이순의 나이에 비로소
꽃피는 순간을 목도하였다
판독하지 못한 담론과 사람들
틈새에 끼어 있는,
하늘이 조금 열린
새벽 3시와 4시 사이
무심코 하늘이 하는 일을 지켜보았다

당신의 난로

나는 당신이 가지고 있는 난로를 보아요
연기마저 보이지 않는 불꽃
다른 이에겐 보이지 않는 화염을
나는 당신에게서 보아요
당신 곁에 있으면
나는 늘 화상을 입어요
나는 보아요
영원의 한 순간을
지상의 사랑이 떠올라 별이 되는 것을
나는 보아요

황톳길

황간에서 상주, 상주에서 두원 가는 길은
발바닥이 아프다
나는 여섯 살
배가 고파 하늘이 노랗다
가도가도 황톳길*
나는 주저앉아 있고
뒤따르던 제비꽃, 애기똥풀꽃이
황토분 바르고
엄마 등에 업혀서 쉬고 있다
소 몰고 집으로 돌아가는 한 농부가
엄마의 미색에 반해서
여섯 살 나를 번쩍 들어 소 등에 태웠다
무섭다고 악을 쓰며 나는 울었는데
발바닥이 아파도

배가 고파도
엄마와 단둘이 걷는 황톳길이
나는 더 좋았다

*한하운 시의 일절.

첫 여행

나는 여섯 살
엄마가 옆에 있어도
달빛이 무섭다
달빛은 하얗게 숲길을 찍어내고
하늘 위로 숲길을 떠올린다
황간에서 상주로 가는 산길은 무섭다
손가락으로 꼬불꼬불 그어놓은
황악산 어둠 너머
직지사가 숨어 있다
엄마의 손가락 끝에
직지사가 붙잡혀 있고,
그 위에
천 년도 넘어 보이는 화상 하나가
넉넉한 얼굴로 웃고 있다

봄날

'관에 간다' 부둣가로 일하러 가시는 아버지
해 뜨기 전 어머니는 충무동 시장
나는 뒷산에 올라 참꽃을 뜯어먹는다
아이들과 봄꽃잎을 뜯어먹는다
소막골, 돼지막골 위에 오방골,
허기진 골짜기 위에 노오란 천마산,
흐르는 물을 두 손으로 마시면 배가 부르다
할미꽃 꺾어 꽃다발 엮으면
할머니 모습 보인다
먼 바다 수평선 너머
아련히 보이는 대마도
눈썹 끝에 맺힌 섬은 슬프기만 하다

4

날개를 가진 적이 있다

저녁밥상

스승 목월 내외분이 우리집에 오셨다
상계동 저녁 어스름이 하늘에 깔리고
그 밑에서 불암산이 발을 씻고 있었다
목월은 지팡이로 불암산을 가리키며
그놈 참 자하산 같구나
저녁밥상 위에는 어머니가 손수 기른
닭 한 마리 올라와 있다
아내와 아이들은 자하산을 모르지만
어머니 입가에 감도는 대웅전 같은 미소
북쪽 창에는 수락산이 고개를 들이밀고
우리 집 저녁밥상을 훔쳐보고 있다

눈 오는 하늘

—— 신현정 시인 생각

신촌 현대백화점 지하층에서
투명 유리로 된 엘리베이터를 타고
지상층으로 나온 순간
하늘 가득 날리는 눈발,
섣달 초순에 신촌 하늘을 덮는 함박눈,
세상이 일시에 숨을 멈춘 그 짧은 촌각,
아래에서 위로 떠오르는 꽃잎을 보았다
달빛이 가만가만 흐르는 봄밤이 달려오고
복사꽃잎은 흩날리고
그 위에서 꽃잎을 누비며
훔친 자전거를 타고 냅다 달리는
나한羅漢을 보았다
공중에서 질주하는 뒷바퀴 살에
자르르 달빛은 감기고

하르르 꽃잎은 날리고
자르르, 하르르……
나도 신현정 시인의 훔친 자전거를 타고
눈 오는 하늘 위로 페달을 밟아보고 싶은 것이다

마포의 봄빛

― 윤형두의 온고지신溫故知新

마포나루에서 당인리까지

물길을 가본 사람은 안다

절두산 아래서부터 서강西江까지

흐르는 물길

그곳엔 흐르는 듯 흐르지 않는

비단이 깔려 있다

곱고도 부드러운 길이 물 속에 있다

토정土亭길 돌아서

수동水洞도 구수동舊水洞

서강 물가에

조선 한지韓紙 물 속에서 벼르는 사람

붓을 들어 온고지신溫故知新 한 획을

온몸으로 찍는 사람

늦은 봄빛은 배꼽을 다 드러내놓고

와우산臥牛山에 드러누워
제 갈 길마저 재촉하지 않는구나

누가 그의 이름을 불러주는가

—— 대여大餘 김춘수金春洙 선생님께

천사가 우리 곁에서
인간의 모습으로 살아 있을 때
우리는 천사를 보지 못한다
그분이 우리 곁을 떠났을 때
그분이 천사였음을 비로소 안다
하늘의 뜻과 말을 전하는
시의 천사여
그가 가고 없는 빈 자리에
남은 것은 꽃보다 아름다운 시들,
언어가 빚어 놓은 음악과 향기,
살아서 미당 서정주와 함께
당대 최고의 시인으로 칭송받던
우리 시의 천사
우리가 그분의 이름을 불러주었을 때

그분은 우리에게로 와서
꽃이 되고, 시가 되고, 천사가 되었다
우리 시의 황무지 60년을 개간하고
문 밖에 밝은 등불 환하게 켜놓으셨던
김춘수 선생님
그분이 하늘로 오르시던 날은
우리는 슬픔에 가위 눌려
몇날 며칠 동안 잠들지 못한다
아닌밤중에 비수를 들고
폄훼하려는 세력도 있지만
우리 시의 천사
그분이 이룩한 영광을 뺏지 못하리라
러시아의 시인 푸슈킨이
러시아 사람들의 자랑인 것처럼

우리의 시인 김춘수 선생님은
우리 역사 안에서 영원하리라

폭설

100년 만에 춘삼월 폭설이 내린 날 새벽
이승 위에 찍힌 너의 발자국을 보았다
한쪽 귀가 이승 바같에 걸려 있어
사시사철 눈이 오고
눈송이가 덮고 있는
커다란 귀
하루 종일 먹통이다
우주 저쪽의 천기를
너는 빤히 보고 있다
떠듬떠듬 읽어가는
허공 속에 새로 난 길
서둘러 귀가 시간을 챙기는
허공 위에 찍힌
발자국 하나

아직도 사진을 찍고 있다

백두산 여행을 끝내고
누군가 찍어 보내준 사진 속에
죽은 사람들의 얼굴만 인화되어 있었다
북경 거쳐 두만강, 연길 거쳐 백두산
살아 있는 사람은
제 발로 모두 세상 밖으로 걸어 나가고
길림성 연길에 남아
우리는 아직도 사진을 찍고 있었다
조태일, 이문구, 손춘익, 임영조
친구의 등 뒤에는 장백산맥이 업혀 있었다
팔가자八家子 임업국의
기차 소리가 멀리 들려오고 있었다

새벽 꿈

천마산 밑 초장동
아버지가 나무로 지은 북향집 그 집
새벽이면 집째로 하늘에 떠 있다
하현달이 흐르는 길을 따라 가고 있다
나무로 만든 그 집
그 안에서 아버지 어머니 형이 살고 있다
부엌에서 어머니는 그릇을 씻고 있다
눈물 많은 누나와 나
내 동생은 그 집으로 들어갈 수 없다
천마산에 봄이 와 진달래꽃 피는데
우리는 그 집을 찾아낼 수 없다
애가 타서 밤새도록
어머니는 우리를 찾고 있것다

문신文信을 그리며

마산 바닷가 개펄은 소년의 요람

살아 숨쉬는 개펄은 소년의 교과서

그 위에서 부는 바람은 하느님이 보낸 캔버스

조각가 문신의 손끝엔

신비한 물과 불의 변신이 있다

그의 손이 닿으면

죽은 나무와 돌은 소스라쳐 깨어난다

쇳덩이마저도 부드러운 옷으로 갈아입는다

새로운 생명, 새로운 이름의 신생아로 태어난다

그의 손 안엔 또 하나의 영혼이 있다

숲이 되었다가 새가 되었다가 그릇이 되었다가

잠시 사랑과 평화,

인류를 위한 주제가 되었다가

어느덧 해 지는 마산 바닷가 개펄로 돌아오는

거장巨匠의 손끝엔
눈부신 금속악기의 교향곡이 있다
그의 손끝엔 아직도
바람부는 마산 바닷가 개펄이 묻어 있다

용접공 김씨

— 김종석 형님

따뜻한 겨울, 동짓달은 비가 오지 않았지만
하늘이 새고 누수가 많았다
아버지가 먼저 가 계신 나라
눈이 잦은 어머니의 나라
하늘에 무슨 일이 있나 보다
어둠 속에서 섬광이 번쩍이고
갈라진 틈 사이로 천기天氣가 자주 열렸다
바로 그날
용접공 김씨가 하늘의 부름을 받았다
조선소에서 용접봉 하나로 군함도 때우고
잠수함 철판도 완벽하게 이었던 김씨
용접공 김씨의 신기神技가 필요했을까
하늘은 그를 불렀다
아버지가 먼저 가 계신 나라

어머니의 나라
부산에서 동짓달 며칠
하늘을 치며 나는 울었다

우야꼬 인자 우짜꼬

노는 날도 없이
한평생 쎄가 빠지게 철공일 했던 생야
꼴랑 수당 몇 푼 더 받을끼라고
새벽별 뜬 저 산 만대이 전주고
날마다 일 나갔던 생야
우야꼬 인자 우짜꼬
이리 횡하니 못 오는 길 혼자 가뿌렸으니
아부지 어무이가 있는 나라
초또 비알 한 번 떠나몬
인자 못 옵니데이
잘 가시소, 생야
날 저무는 하늘에 별이 삼형제*
웬일인지 별 하나 안 보인다 아입니꺼
남은 별만 저거들끼리

눈물 흘린다 아입니꺼
우야꼬 인자 우짜꼬

＊동요 가사 차용

망자亡者를 그리며

망자를 생각하면 봄이 온 것 같지 않다
봄날이 왔으나 꽃을 볼 수 없었던 것은
내가 망자와 같이 있었거나
망자와 일체가 되어 지냈음이라
봄날, 꽃이 꽃으로 보이려면
나를 붙들고 있는 망자 속에서
내가 나와야 함이니
꽃이여, 가엾구나
오늘은 나 말고
다른 이를 위해 어여삐 피었거라
이 봄날 내 눈치 보지 말고
지천으로 피었거라

사라지는 사람들을 생각하며

누구에게나 바람이 불고 비 오는 날이 있다
젖을 대로 젖어서
슬픔을 슬픔이라 말할 수 없는 날이 있다
아픔을 아픔이라 말할 수 없는 날이 있다
세상에 보이는 것 모두,
움직이는 것 모두가 그대의 것이 아닌 날

오오, 그대여 기억하라
몸을 태우고 한 줄기 연기만 남긴 사람들을 생각
하라
오늘 그대 뺨에 흐르는 눈물만이
재가 되지 않는 사리,
그대가 쥐고 있는 한 줌 보석이다

풀잎, 말하다

사람의 눈으로 세상을 보지 마라
죽었다고 생각되는 만물과 자연의 눈으로
세상을 보면
사람들은 가엾다
사람이 산다는 것
영원 앞에서는 허상虛像일 뿐
흙 속에 뿌리내린 한 포기 풀잎마저도
제 앉은 자리에서 속도를 지니고 있다
누구 하나 발견하지 못한 저 춤
별과 한몸이 되어 움직이는 것을
사람들은 모른다
죽었다고 생각되는 모든 것은
살아서 영원을 움직인다
풀잎 한 포기에 말 걸어보면

풀잎은 말한다
사람의 눈으로 세상을 보지 마라

날개를 가진 적이 있다

날개를 가진 것은 반드시 추락한다
낙하하는 모든 것의 몸체에는 날개가 있다
일생 동안 날아오르는 꿈을 꿀 동안
추락하는 내 몸체엔 날개가 있었다
몸이 떠 있는 허공에서
몸이 가진 무게를 다 비우고
마지막 한 줄기 연기로 기화氣化할 때
나는 날개를 접고
우주로 낙하한다
다비茶毘 때 생生에서 소멸된 상처
나는 날개를 가진 적이 있다

'ㄹ'을 찬양하며

흐르는 것이 어디 물뿐*이랴
우리 글 'ㄹ' 속에도 언제나 흐르는 물소리가 들
린다
움직이는 것의 한가운데 언제나 'ㄹ'이 있다
사람 사는 세상의 'ㄹ'이라는 말
가만히 귀 기울여 보면
벌레소리, 새소리, 시냇물소리 속에도
'ㄹ'이 들어 있다
움직이는 모든 사물들은 'ㄹ'을 차용한다
'ㄹ'을 차용해서 속삭이고 사랑하고 소리치며
밀어密語를 만든다
움직이는 만물 모두가 'ㄹ'을 노래한다
세상 살아가는 일 모두가 그렇지만
닫힌 것을 열게 하고

막힌 것을 흐르게 하는
'ㄹ'의 화음 속에
자유와 평화와 예술이 담겨 있다
글자 모양이 'ㄹ'인 줄도 모르고
모든 살아 있는 것들은 흐르며 노래한다

*정희성의 「저문 강에 삽을 씻고」에서 차용.

무영탑

— 불국사 삼층 석탑

불국사 대웅전 뜨락에 서서

천 년 세월

풍우에 깎인 돌과 함께

탑을 떠나지 않는

백제의 석공 아사달이여

돌에 새겨진 연꽃은 지지 않고

사시사철 피어 있다

연못에 몸을 던진 아사녀의 혼이

지금도 연꽃으로 피어 있다

불국사 대웅전 뜨락에 서서

석가여래께서 나직이 설법하시느니

그 말씀 목판 다라니경陀羅尼經에 새겨

다음 세상 내세來世의 천 년을 건너간다

잠 오지 않는 이국의 밤

서라벌의 달빛은
아사달의 손가락 마디마다 맺혀
아리따운 아사녀의 혼불을 밝히고
돌 하나 하나마다 눈물인 듯
무영탑은 소리없이 제 그림자마저 지우는구나

김종해 시집에 대하여

세계와의 은은한 화해 | 유종호

세계와의 은은한 화해

유　종　호

　1966년에 상자한 첫 시집 『인간의 악기』에서 2001년에 나온 제8시집 『풀』에 이르는 시력 40년의 소작 중에서 뽑은 김종해金鍾海 시선집 『누구에게나 봄날은 온다』가 나온 것은 2008년의 일이다. 시인 자신이 고른 것으로 생각되는 이 선집에 기대어 말해본다면 이 시인의 시적 도정은 젊음을 반영하는 기백과 다변을 제어하면서 여운 있고 견고한 단순성을 성취한 것으로 요약할 수 있을 것이다. 그러한 견고한 단순성의 극치는 가령 김종해 시선집에 수록된 어느 근작에서도 발견된다.

　　산에 들에 번지는 불꽃
　　사월이 오면
　　누군가가 만들어 던지는 화염병 시위
　　누가 저 불길 좀 잡아다오

"

뒷짐 지고 서 있기가

괴로운 봄날

　신체언어의 의미는 개인마다 또 문화마다 조금씩 다
르게 마련이다. 가령 그리스에서 뒷짐 지고 서 있거나
걷는 것은 오만의 징후라고 수용되는 것이 보통이고 따
라서 뒷짐 지고 걷는 관광객이 야유를 받거나 심지어 폭
행을 당하는 경우도 없지 않다고 한다. 뒷짐 지고 있다
는 것은 우리 사이에서 대개 구경꾼으로 방관한다는 뜻
이 되고 어느 편이냐 하면 노년의 동작이기도 하다. 만
약 이 작품이 "팔짱 끼고 서 있기가 괴로운 봄날"로 끝
났다면 시편의 의젓한 적정성이 반감되고 말았을 것이
다. 그것은 상투적인 관용구에 의존하는 것이 돼버리고
말기 때문이다. 사소한 차이지만 결과적으로 굉장한 차
이이다. 시 읽기의 재미는 이렇게 관용적이고 상투적인
언어 구사에서 벗어난 일탈적 변태적 구사의 묘미를 음
미하는 재미이기도 하고 그러한 한에서는 말의 역사의
음미이기도 하다. 화염병과 최루탄이 난무하는 거리에
서 한동안 보통 시민이 일상적으로 겪었던 만감 교차와

괴로운 무력감이 불과 6행의 시편 속에 압축되어 있고 또 독자의 참여를 유도한다. 한 시대의 참모습은 거대한 벽화만이 보여줄 수 있는 것이 아니다. 한 시대의 축도가 견고한 단순성 속에 포착되어 있고 단시의 예기銳氣와 단순치 않은 함의를 함께 보여주고 있다. 그러한 면에서는 단순히 한 시인의 개인적 소회만이 아니라 한 시대의 사회사가 응축되어 있는 시편이기도 하다.

고희古稀에 임해서 거의 10년 만에 상자하는 시집 『봄 꿈을 꾸며』에는 당연히 산 날이 살 날보다 많은 시인의 여러 가지 감회가 과묵하고 견고한 단순성 속에 토로되어 있다. 한 작품의 의미는 단독으로 그 의미를 드러내기도 하지만 동시에 동시대 다른 시편과의 관계 속에서 의미의 층이 두터워지기도 한다. 시의 산문화가 두드러지고 절제 없는 의식의 넘나듦이 대세를 이루고 있는 듯이 보이는 작금의 추세 속에서 과장과 요설 없는 시인의 세계는 고유의 간곡함으로 부가적 의미를 얻게 된다. 산 날이 많은 사람들의 공통적인 성향은 지난날을 되돌아보는 것이다. 사실 돌아본다는 것은 적정한 말이 아닐지도 모른다. 부르지도 손짓하지도 않았는데 지난날이 불현듯 불청객으로 찾아와 눈앞에서 어른거리는 것

이다. 이 시집에는 간곡한 회상 시편이 많은데 축축한
감상주의로 흐르지 않고 해당 회상의 정황을 지상 최고
의 시간으로 올려놓고 있는 것이 돋보인다. 삶은 고해苦
海이기도 하지만 이런 최고 순간이 곳곳에 박혀 있기 때
문에 견딜 수 있고 살 만한 것이 되는 법이라고 말하고
있는 듯이 생각된다.

스승 목월 내외분이 우리집에 오셨다
상계동 저녁 어스름이 하늘에 깔리고
그 밑에서 불암산이 발을 씻고 있었다
목월은 지팡이로 불암산을 가리키며
그놈 참 자하산 같구나
저녁밥상 위에는 어머니가 손수 기른
닭 한 마리 올라와 있다
아내와 아이들은 자하산을 모르지만
어머니 입가에 감도는 대웅전 같은 미소
북쪽 창에는 수락산이 고개를 들이밀고
우리 집 저녁밥상을 훔쳐보고 있다

— 「저녁밥상」 전문

불암산과 수락산이 보이는 시인 집에서 스승 시인 내외에게 저녁 대접을 하던 날의 정경과 등장인물이 눈에 선하다. 자하산은 "청노루 맑은 눈에 도는 구름"을 노래한 시편에도 나오는 산 이름이요 한자의 뜻을 풀면 보라색 안개의 산이 된다. 고유명사와 실존 인물의 배치가 어우러져 과거의 시간이 그대로 한 장의 넉넉한 기념사진으로 고정되어 있다. 기억은 여기서 삶의 축복이자 영원한 현재로 각인되어 있다. 위의 시편에서도 그렇지만 이 시집의 회상 장면에 가장 빈번히 모습을 보이는 등장인물은 어머니이다. 어머니는 한국시에서 가장 흔한 모티프가 되어 있고 그 앞에서는 무쇠 힘줄을 가진 목석 같은 사내도 감상주의자가 되는 것이 보통이다. 한국의 어머니는 그만큼 가난하고 가파르고 눈물과 한 많은 삶을 꾸리다 갔다. 시인은 산새를 보고도 유년의 눈으로 어머니를 부르고 그리워한다.

서오릉 길 너머
봉산에서 내려온 가을 산새가
뭐라고 다급하게 소리치고 있다
어린날 귓속에 쟁쟁 울리는

엄마새 소리

종해야, 죽 먹고 자!

죽 먹고 자!

곯고 자는 아기새 위로

엄마새가 맨 앞에서 날아오르고 있었다

―「가을 산새」 부분

　어머니의 등장은 유년시대라는 삶의 황금기를 배경으로 하는 경우가 많다. 황금시대 속에서 우리는 황금기를 자각하거나 의식하지 않는다. 그것은 갑갑하고 답답한 시기이기도 했을 것이다. 그러나 황금기가 돌이킬 길 없이 가버렸을 때 사람들은 그 시절을 기억하고 회상하고 다시 되살린다. 황금기는 그래서 기억 속에서 살아나고 항상적으로 잔류한다. 황금기는 자생력이 없고 오로지 우리의 기억에 기생하는 것인지도 모른다. 인류의 잃어버린 낙원이 오로지 아득하게 먼 고대사古代史에 기생하고 있는 것과 마찬가지다. 잃어버린 낙원은 있으되 지금 여기에는 없다는 것이 낙원과 황금기의 짓궂은 역설이요 비애이다.

황간에서 상주, 상주에서 두원 가는 길은

발바닥이 아프다

나는 여섯 살

배가 고파 하늘이 노랗다

가도 가도 황톳길*

나는 주저앉아 있고

뒤따르던 제비꽃, 애기똥풀꽃이

황토분 바르고

엄마 등에 업혀서 쉬고 있다

소 몰고 집으로 돌아가는 한 농부가

엄마의 미색에 반해서

여섯 살 나를 번쩍 들어 소 등에 태웠다

무섭다고 악을 쓰며 나는 울었는데

발바닥이 아파도

배가 고파도

엄마와 단둘이 걷는 황톳길이

나는 더 좋았다

—「황톳길」 전문

구차했던 황금기를 상기시키는 이 시편 끝머리에는

"가도 가도 황톳길"은 한하운 시의 일절임이 밝혀져 있다. "가도 가도 붉은 황톳길/숨 막히는 더위뿐이더라"로 시작되는 「전라도 길」은 한센병 환자 한하운의 대표작이기도 하지만 황톳길이란 어사를 현대시에 도입한 작품으로도 오래 기억될 것이다. 낭비되고 탕진된 잠재 가능성의 사회사적 우화이자 허구적 민담이기도 한 김동리의 「황토기」를 우리는 기억한다. 또 "황토담 넘어 돌개울이 타/ 죄 있을 듯 보리 누른 더위"라고 「맥하麥夏」에서 독하게 노래한 청년기의 미당을 우리는 기억한다. 그러나 한하운에서 시작해서 "황톳길에 선연한/핏자욱 핏자욱 따라/나는 간다"는 김지하를 거쳐 위의 김종해 시편을 통해 이제 황톳길은 우리의 척박한 고토故土를 가리키는 대표성 있는 시어로 정착되었다 할 수 있다. 소록도로 혹은 형장으로 혹은 유년으로 가는 황톳길에도 고토의 절망과 형극의 사회사가 집약되어 있다. 황톳길은 이제 번역 불가능한 고유어가 된 것이다. 어머니와 함께 시인의 기억 속에 자주 등장하는 인물은 육친이다. 특히 용접공으로 살다 간 친형에 대한 애도가 간절하고 그것은 어린 시절 동기간의 공통어였던 사투리로 술회된다.

노는 날도 없이

한평생 쎄가 빠지게 철공일 했던 생야

꼴랑 수당 몇 푼 더 받을끼라고

새벽별 뜬 저 산 만대이 전주고

날마다 일 나갔던 생야

우야꼬 인자 우짜꼬

이리 휭하니 못 오는 길 혼자 가뿌렸으니

──「우야꼬 인자 우짜꼬」 부분

"그립고 아쉬움에 가슴 조이던 먼 먼 젊음의 뒤안길"을 가진 것은 「국화 옆에서」에 나오는 누님만이 아니다. 누구나 청년기란 노도질풍기를 가지고 있을 터이다. 산 날이 살 날보다 많아짐에 따라 노도질풍기의 격정과 고뇌와 분노도 쇠잔해지고 사람들은 세상 돌아가는 이치에 점점 순응해 간다. 세계 속 자신의 위치를 돌아보며 자기의 힘으로 어쩔 수 없는 것과의 화해를 도모하게 된다. 아니 반 넘어 강요된 화해를 담담한 심정으로 수락하게 된다. 그것은 그 동안 허락된 산 날에 대한 고마움의 토로요 은혜 갚음인지도 모른다. 화해는 당연

히 세계 긍정과 인간 긍정으로 이어진다. 인간 긍정의
적극적 형식이 곧 사랑이다. 사랑의 수락은 『풀』 수록
시편의 곳곳에서 발견되지만 이 시집에서 그것은 보다
은은한 간접화법으로 토로된다.

> 내 사는 곳에 떨어져 내린 별들보다
> 더 아름다운 인간의 등불을
> 이 밤에 황홀하게 내려다보고
> 또 내려다보고 싶기 때문이다.
>
> ──「하늘을 날다」 부분

> 국상國喪이 있었던 한 주일 내내
> 나는 면도를 하지 않았다
> 텁수룩한 수염 속에 나는 말을 아꼈다
> 내가 살고 있는 광화문 근처
> 매미들은 나무 숲에 숨어서 떼를 지어 울었다
> 언젠가 한 번은 가야 할 그곳에
> 아직 가지 않은 사람들은 모여서
> 슬픈 얼굴을 하고 있었다.
> 아직 이승의 문턱을 넘어서지 않은 곳

위안과 슬픔을 함께 하며 사는 곳
사는 동안 누구에게나 여름은 가고 있다.

——「가을꽃 피다」 부분

　근자에 있었던 한 논쟁적인 공적 인물의 장례 전후의 정경과 소회를 적고 있는 「가을꽃 피다」는 담담하면서도 정감 있게 전개된다. 갈등과 격정을 피해 화자는 면도를 않고 말을 아낀다. 가두의 조문소에 모여서 슬픈 얼굴을 하고 있는 사람들에게 각별한 우정이나 적의를 보이지도 않는다. 그 자연스러움은 숨어서 우는 매미 떼와 평행 현상을 이룬다. 거리는 이승의 문턱을 넘지 않은 사람들이 위안과 슬픔을 함께 하며 사는 곳으로 파악된다. 어느 한 편에 적극 가담하지 않으면서 위안과 슬픔을 함께 하는 사람들에 대한 은은한 공감이 보인다. 그것은 이념이나 행동에 대한 공감이 아니라 위안과 슬픔을 함께 하며 사는 것에 대한 공감이다. 그렇게 사는 동안 시간은 멈추지 않고 흐를 것이고 이 모든 것을 화자는 담담하게 긍정하고 수락한다. 한참 있다가 아무 일도 없었다는 듯이 세상은 저 나름으로 굴러갈 것이요 이 또한 화자는 담담하게 긍정할 것이다.

산 날이 앞으로 살 날보다 몇 갑절 많다고 느껴질 때 사람들은 누구나 불원장래에 맞이할 귀천歸天의 시간을 생각하게 마련이다. 생각한다는 것도 사실은 정확한 말은 아니다. 고별 귀천의 시간에 대한 상념이 강요된 상상력처럼 덤벼든다고 말하는 편이 적절한 것인지도 모른다. "거 나를 부르는 것이 누구요,/가랑잎 이파리 푸르러 나오는 그늘인데,/나 아직 여기 호흡이 남아 있소."라고 윤동주가 노래한 "무서운 시간"이 다름 아닌 귀천의 시간이다. "죽음은 존재하지 않는다. 왜냐하면 우리가 살아 있는 한 죽음이란 것은 없고 죽음이 올 때 우리는 살기를 그치기 때문이다"라고 에피큐로스가 말할 때 그것은 무서운 시간에 대한 하나의 대처방식이고 그 나름의 대비책이었다. 그것은 귀천에 대비하는 고전적 방식의 하나를 이루고 있기도 하다. 시인은 자신의 귀천을 어떻게 생각하고 어떻게 대처하고 있는가?

만약에 말이지요, 저의 임종 때,
사람 살아가는 세상의 열두 달 가운데
어느 달이 가장 마음에 들더냐
하느님께서 하문하신다면요,

저는 이월이요,

라고 서슴지 않고 말씀드릴 수 있습니다.

눈바람이 매운 이월이 끝나면,

바로 언덕 너머 꽃 피는 봄이 거기 있기 때문이지요.

네, 이월이요, 한 밤 두 밤 손꼽아 기다리던

꽃 피는 봄이 코앞에 와 있기 때문이지요.

살구꽃, 산수유, 복사꽃잎 눈부시게

눈처럼 바람에 날리는 봄날이

언덕 너머 있기 때문이지요.

한평생 살아온 세상의 봄꿈이 언덕 너머 있어

기다리는 동안

세상은 행복했었노라고요.

─「봄꿈을 꾸며」 전문

젊음의 노도질풍기와 중년의 신산함을 지나 고희를 맞는 시인은 이제 평정과 평온의 심경에 이른다. 그것은 앞서도 보았듯이 세상 이치에 대한 화해와 거기서 유래한 인간 긍정과 세계 긍정이 성취한 정신의 경지이다. 봄꿈을 기다리는 동안 행복할 수 있는 심경이 쉽게 이루어지는 것은 아닐 터이다. 그것은 시인의 평생 경험이 안겨준 모색과 태도형성의 결과일 것이다. 그리하여 고희를 맞는 시인의 이 시집은 은은하고 탈속한 삶에 대한 송가가 되어 주고 있다.

20세기의 우리 문학은 크게 보아 젊은이의 문학이었다. 시인 작가도 독자도 청장년이 주류를 이루고 있었다. 우리 근대문학에서 사실상의 정전正典을 형성했던 시인 작가의 태반은 또 삼십 전후해서 세상을 떴다. 젊은 나이에 세상을 뜬다는 인간적 불행이 도리어 작품에 진정성의 후광을 안겨주었다 해도 과언이 아니다. 개인적 불행이 작품적 행운에 기여한다는 역설은 문학사 도처에서 발견된다. 살아보지 않은 시대나 앞날에 대한 통찰을 소유하고 있다는 것은 문학적 재능의 부정할 수 없는 요소이기는 하다. 하나로 미루어 열을 알고 열 사람을 경험하고 백 사람을 파악하는 상상력의 경이를 부정할 수는 없다. 그러나 백 번 들어본 것이 한 번 본 것만 못하다는 날경험의 막중한 힘 또한 부정하기 어렵다. 생산자나 소비자나 젊음이 주류를 형성하고 있어 문학에 활력과 기백과 예기를 더해준 것이 사실이다. 그러나 젊음의 한계인 세계에 대한 단편적 예단과 자기중심적 독단을 문학에 안겨준 것도 부정할 수 없다. 그

결과 삶에 대한 경험적 통찰로 가득 찬 지혜의 문학이 우리 쪽에는 부족한 감이 없지 않다.

지금 우리 사회는 고령사회로 접어들고 있다고 한다. 평균 연령이 70을 넘어서리라는 분명 놀랍고 반가운 사실이 한편으로는 우려의 소재가 되어 있다는 감을 주기도 한다. 노동력 없는 고령 인구의 증대가 사회적 부담이 된다는 사실의 진술이 도처에서 목격된다. 원시사회에서의 인위적 고령자 제거 방식의 필연성을 상기시켜 주는 이러한 언설을 접하고 유쾌한 노년은 없을 것이다. 젊음이 주체할 수 없는 고뇌의 계절인 것 못지않게 노년 또한 그 나름의 소홀치 않은 고충과 신산의 계절이다. 그럼에도 이 시집에서 보는 바와 같이 노년에 쓰인 세계긍정과 화해의 시편을 접한다는 것은 반갑고 든든한 일이다. 우리 주변의 항상적인 불안 상황을 염두에 둘 때 더욱 그러하다. 상대적인 경제적 여유와 의학의 진보로 노년 인구가 증가하고 그만큼 노년 시인 작가의 건필을 우리는 사방에서 목도한다. 여든 나이에 신작 시집을 내고 신작소설을 상재하는 일을 한 세대 전만 하더라도 상상할 수 없었기 때문에 놀랍게 생각된다. 이 시집에서 「누가 그의 이름을 불러주는가」의 주제가 되

어 있는 대여大餘 같은 선배시인을 전범으로 해서 노경
에 도리어 활발히 작품을 보여주는 시인이 더욱 많아지
기를 기대한다. 『봄꿈을 꾸며』의 저자가 그러한 시인
대열의 앞장에 서 있기를 또한 기대해 보고 싶다. 시편
「봄꿈을 꾸며」에 나오는 산수유가 함박눈을 맞고도 끄
떡없이 노랗게 피어 있는 것을 베란다에서 뒷짐 지고 내
려다보며 옛부터 드물고 또 드물다 해서 그리 부르는 고
희 맞이를 축하한다.

김종해 시인
1941년 부산 출생.
1963년 《자유문학》 및 《경향신문》 신춘문예 당선.
〈현대시〉 동인. 한국시인협회 회장 역임.
현대문학상, 한국문학작가상, 한국시협상, 공초문학상 등 수상.
현재 문학세계사 대표, 계간 시전문지 《시인세계》 발행인.
시집 『인간의 악기』 『항해일지』 『별똥별』 『풀』 등과
시선집 『누구에게나 봄날은 온다』 『무인도를 위하여』 등이 있음.

봄꿈을 꾸며
김종해 시집

초판 1쇄 발행일   2010년 6월 30일

지은이 · 김종해
펴낸이 · 김종해
펴낸곳 · 문학세계사
주소 · 서울시 마포구 신수동 345-5(121-110)
대표전화 · 702-1800   팩시밀리 · 702-0084
mail@msp21.co.kr ｜ www.msp21.co.kr(문학세계사)
www.seein.co.kr(계간 시인세계)
출판등록 · 제21-108호(1979.5.16)

값 10,000원
ISBN 978-89-7075-493-2   03810
ⓒ 김종해, 2010